©2021, Editorial LIBSA, S.A.
C/ San Rafael, 4 bis, local 18
28108 Alcobendas (Madrid)
Tel.: (34) 91 657 25 80
e-mail: libsa@libsa.es
www.libsa.es

Textos: Belén Jacoba Martín Armand
Edición y maquetación: Equipo editorial LIBSA
Ilustración: Archivo LIBSA, Shutterstock images

ISBN: 978-84-662-3812-0

Queda prohibida, salvo excepción prevista en la ley, cualquier forma de reproducción, distribución, comunicación pública y transformación de esta obra sin contar con autorización de los titulares de propiedad intelectual. La infracción de los derechos mencionados puede ser constitutiva de delito contra la propiedad intelectual (arts. 270 y ss. Código Penal). El Centro Español de Derechos Reprográficos vela por el respeto de los citados derechos.
DL: M-28120-2018

¡Tus preguntas de Astronomía tienen respuesta!

- ¿Tuvo el Universo un inicio? — página 4
- ¿El Universo es circular? — página 6
- ¿Podemos ver todo lo que hay en el Universo? — página 8
- ¿Sigue creciendo el Universo? — página 10
- ¿Existe la luz? — página 12
- ¿Podemos mirar directamente al Sol? — página 14
- ¿Se mueve rápido la luz? — página 16
- ¿El sol es pequeño? — página 18
- ¿Las estrellas son inmortales? — página 20
- ¿Pueden perder las estrellas su brillo? — página 22
- ¿Las estrellas salen solo por la noche? — página 24
- ¿Hay nubes en el espacio? — página 26
- ¿Hay agujeros en el espacio? — página 28
- ¿Pueden caer piedras desde el espacio? — página 30
- ¿Fue un asteroide lo que acabó con los dinosaurios? — página 32
- ¿Sabemos la edad de todo lo que hay en la Tierra? — página 34
- ¿La Tierra está siempre en movimiento? — página 36
- ¿El tiempo es siempre el mismo? — página 38
- ¿Podemos viajar a través del tiempo? — página 40
- ¿Son de diferentes colores los planetas? — página 42
- ¿Conocemos todos los planetas? — página 44
- ¿Hay muchos satélites en el espacio? — página 46
- ¿Tiene la Luna siempre el mismo tamaño? — página 48
- ¿Existen los extraterrestres? — página 50
- ¿Podemos explorar el Universo? — página 52
- ¿Podemos pasear por el espacio? — página 54
- ¿Tiene dueño el espacio? — página 56
- ¿Hay basura en el espacio? — página 58
- Todo astrónomo debe saber... — página 60

¡Descubre la respuesta en cada página!

Respuesta ¡SÍ! — Respuesta ¡NO! — Respuesta Tal vez...

¿Tuvo el Universo un inicio?

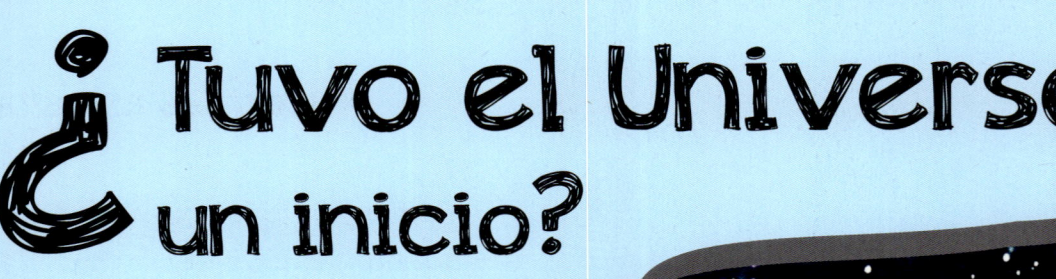

El Universo es vasto e infinito, e incluye todo lo que existe: planetas, estrellas, galaxias y, por supuesto, en él también estás tú. Se formó hace 13.800 millones de años atrás a partir de un punto de la nada misma. Ese momento se llama Big Bang.

Primer segundo

La gran explosión

Muchos expertos dicen que el Universo se formó después de una gran explosión que conocemos como el Big Bang, y desde entonces no ha dejado de expandirse, incluso lo está haciendo ahora, mientras lees este libro. A partir de un punto todo empezó a expandirse y no ha dejado de hacerlo.

 Neutrones

 Protones

Después de la Gran Explosión, el Universo comenzó a inflarse como un globo, dentro del cual se propagó la energía y se originaron partículas llamadas quarks, que al agruparse formaron neutrones y protones.

Primeros minutos

Los neutrones y protones empezaron a agruparse y así formaron los núcleos de los primeros elementos: hidrógeno, helio y un poquito de litio.

Primeros años

En los primeros 30.000 años la temperatura bajó mucho, la materia se fue uniendo y se formaron los primeros átomos.

Nacen las estrellas

A los 300.000 años después del Big Bang, el polvo cósmico, hidrógeno y helio conformaron las primeras estrellas. Ellas se agruparon y formaron las galaxias. Hoy, las galaxias se alejan unas de otras: es la expansión del Universo.

Respuesta ¡SÍ!

El taller

Universo en expansión

Necesitas...
- Un globo grande
- Una pinza
- Un rotulador

1. Infla un poco el globo y ponle una pinza para que no se vaya el aire. Pinta en él diez espirales, si quieres puedes señalar una con una G, que será nuestra galaxia.

2. Ahora infla el globo un poco más: observarás que la separación entre las espirales es mayor.

3. Llena del todo el globo y hazle un nudo; verás cómo las espirales se separan todavía más. Eso es lo que sucede en el cosmos en expansión.

¿El Universo es circular?

El hombre siempre ha querido saber cómo es el Universo: su geometría, la distribución de la materia y la expansión que experimenta. El espacio, más allá del cúmulo de galaxias donde se encuentra la Vía Láctea, está deformado. Los astrónomos aseguran que las grandes masas lo deforman.

La densidad de la materia

La forma del Universo depende de su densidad, es decir, de la cantidad de masa y energía que posee. El problema es que no sabemos qué tamaño tiene el Universo ni cuánta energía y materia hay en total. Así que tampoco podemos calcular su densidad.

¿El espacio podría ser plano, esférico o abierto?

Forma plana

Si la cantidad de materia y energía es la adecuada, la densidad estará en equilibrio, y entonces el Universo será plano. Esto hace que la gravedad y la expansión estén en equilibrio, y entonces la expansión del Universo será menor cada vez. Con esta forma, el Universo acaba teniendo un límite y es cerrado.

Forma de esfera

Los defensores de esta forma del Universo creen que tiene un límite; que es finito y cerrado, por lo que la masa, la cantidad de materia de la que está formado, se concentra de tal manera que hace que se curve hacia dentro, adquiriendo forma de esfera.

El taller

Una figura hiperbólica

Necesitas...
- Un folio
- Lápiz
- Regla
- Una base de corcho
- Chinchetas
- Hilo de color

1. En un folio traza dos rayas de unos 20 cm y que formen un ángulo recto. Después, marca en cada segmento puntos con una distancia de un centímetro.

2. Pon el folio sobre una base de corcho y pincha una chincheta en cada uno de los puntos que has marcado.

3. Pasa el hilo por la última chincheta y lleva el hilo a la primera chincheta del otro segmento, de allí a la segunda chincheta del lado por el que empezaste, y repite la operación hasta haber pasado el hilo por todas las chinchetas, así obtendrás la curiosa forma hiperbólica o de silla de montar.

Forma de silla de montar a caballo

A esta forma tan curiosa se la llama también hiperbólica y se da porque la materia que se concentra varía en las distintas partes que hay en el Universo. Los especialistas que lo ven así creen que el mundo es abierto e infinito, que no tiene límites ni fin.

Respuesta ¡NO!

¿Calculamos?

El Universo, por un lado, experimenta una expansión cada vez más acelerada. Por otra parte, las grandes masas, presentes a gran escala, lo deforman, así que lo más probable es que tenga la forma de una silla de montar.

¿Podemos ver todo lo que hay en el Universo?

Los seres humanos sabemos mucho y siempre queremos saber más, pero a veces es muy difícil dar una respuesta. Eso es lo que les pasa a los astrónomos cuando les preguntan de qué está hecho el Universo: tienen muchas respuestas, pero ninguna concreta.

Los griegos nos dan la pista

Los griegos hace mucho tiempo llegaron a la conclusión de que en la naturaleza hay cuatro elementos que seguro que conoces y has visto muchas veces: tierra, que une los otros tres elementos; aire, sin él no puedes respirar, agua, que es necesaria para que haya vida, y fuego, que da calor y transmite energía.

Elemento tierra

Serían los átomos de los que están hechos las estrellas, las nebulosos y ¡hasta nosotros mismos!, y como a los científicos les gusta poner nombres, a todo lo llaman materia bariónica.

Elemento aire

Para los especialistas son partículas muy pequeñas y que se mueven tan rápido que no las puedes ver; además, al contrario de lo que sucede con el aire en la Tierra, que es muy importante, en el Universo es tan poco importante que un experto dijo que este elemento era como un cuchillo afilado, pero sin mango y sin hoja, ¿te lo imaginas?

Elemento agua

Es el elemento favorito de los astrónomos, incluso le han puesto un nombre: WIMP, que quiere decir "partículas masivas que interactúan débilmente". Aquí sitúan muchas partículas raras que no saben definir, pero sí que saben que son oscuras y frías.

Elemento fuego

Está formado por fotones de luz, que están distribuidos en diferentes frecuencias de campo electromagnético, como los colores del arcoíris, y aparecieron justo después de la gran explosión, aunque otros se han ido formando poco a poco.

¡Y su sombra!

El 27 % del Universo está formado por la materia oscura, que no es posible verla, pero se siente por su fuerza de gravedad. Es lo que mantiene ligadas a las galaxias.

Respuesta ¡NO!

El taller

El Universo en un bote de cristal

Necesitas...
- Un bote de cristal
- Agua
- Témperas de colores; dos tonos de azul y rojo
- Cucharita
- Algodón
- Purpurina de estrellas y círculos

1. Echa en el frasco un dedo de agua y dos gotas de témpera azul claro y remueve con la cucharita; después añade un poco de purpurina y de estrellas y vuelve a remover; por último, pon algodón, el necesario para que absorba todo el agua. Repite otra vez todo el proceso.

2. Crea una tercera capa, esta vez cambiando la témpera azul claro por una más oscura, y acaba con una cuarta capa en la que utilices témpera roja. ¡Ya tienes tu Universo en un bote, con su materia oscura incluida!

¿Sigue expandiéndose el Universo?

Edwing Hubble comprobó con un gran telescopio que el Universo se expande y va creciendo. Vio que unas galaxias se alejaban de otras, como los trozos de frutas de los bizcochos, según va creciendo la masa en el horno, pero... ¡muy rápido!

A veces lento, a veces rápido

Desde su formación, el Universo ha estado en expansión, pero no siempre lo ha hecho a la misma velocidad. Ahora se expande a una velocidad mayor a la que antes lo hacía, y en todas direcciones. Este hecho se descubrió en el año 1998, y se piensa que esa expansión ha ido acelerándose desde hace unos 5.000 millones de años. La energía oscura es la responsable de esta expansión acelerada.

 Universo

 Nosotros

Ojalá fuese más despacio...

No es bueno que vaya tan rápido, porque la distancia entre las galaxias es cada vez mayor y cada vez nos costará más verlas.

El taller

Un paracaídas

Necesitas...
- Un plato grande
- Una bolsa de plástico
- Un bolígrafo
- Tijeras
- Cuerda
- Cinta adhesiva
- Una goma
- Una pinza de la ropa

1. Pon el plato sobre la bolsa, dibuja un círculo, y recórtalo. Después, corta ocho trozos de la cuerda, tienen que medir tres veces el radio del círculo.

2. Haz con las tijeras 8 agujeros en el círculo de la bolsa a una distancia aproximada; para ello, dobla por la mitad el círculo tres veces. Ahora, pasa las cuerdas o hilos por los agujeros y fíjalos con cinta adhesiva.

3. Sujeta con una goma la pinza de la ropa a las cuerdas. Prueba tu paracaídas lanzándolo hacia arriba desde un taburete o desde lo alto de un tobogán y comprueba cómo cae.

¡No es lo mismo!

No hay que confundir la energía oscura con la materia oscura: solo comparten el adjetivo "oscura". Aunque ambas forman la mayor parte de la masa del universo, la materia oscura es una forma de materia, mientras que la energía oscura se asocia a un campo que ocupa todo el espacio. Los investigadores no entienden todavía completamente la energía oscura, pero predicen que destruirá todo lo que existe en miles de millones de años.

Respuesta
¡Sí!

¿Existe la luz?

Seguro que muchas veces has oído que el día está luminoso, o que apagues la luz de tu habitación cuando salgas. Pero la luz no es algo que podamos tocar: la sentimos y nos permite ver el mundo; es una forma de energía.

El taller

Necesitas...

- Un plato desechable de cartón o plástico
- Témpera de tu color favorito
- Pincel
- Un folio blanco
- Tijeras
- Pegamento
- Un lápiz
- Un rotulador negro

Un reloj solar

1. Decora el plato pintando los bordes y recorta el folio del tamaño del círculo pequeño del plato para hacer el reloj. Pinta con el rotulador negro las horas del día. Cuando lo tengas terminado, pégalo sobre el plato con el pegamento.

2. Haz un agujero con las tijeras en el centro del papel y del plato y pon un poco de pegamento líquido en el hueco que acabas de hacer. Introduce el lápiz, sujetándolo hasta que el pegamento se seque y este se quede de pie.

3. Saca el reloj a la calle y ponlo en un sitio en el que dé el sol. Observa dónde da la sombra del lápiz que has colocado en el centro: ¡se encarga de marcar la hora que es!

Fuentes de luz

Puedes verla gracias a las fuentes de luz, que pueden ser naturales, como la que desprenden el Sol o el fuego o las luces artificiales, que funcionan por la energía eléctrica, como las bombillas.

Un horno gigantesco

El Sol es una enorme esfera de gas a una elevada temperatura de 5.000 grados. En su núcleo, es aún mayor (12 millones de grados), así como su densidad (126 veces la del agua). En estas condiciones, algunos protones de hidrógeno se transmutan en helio, generando radiación que, al salir del Sol, ya es energía en forma de luz y calor.

El Sol está a unos 150 millones de km de nosotros, y su luz tarda 8 minutos en alcanzarnos.

El gran astro: el Sol

El Sol es la estrella que genera la energía necesaria para la existencia de la vida en la Tierra. Esta energía tiene la forma de luz y calor. No hay otro lugar en el sistema solar donde haya vida, solo en nuestro planeta.

La luz y los objetos

Objeto transparente

La luz puede atravesar los objetos y ver con claridad lo que hay detrás de ellos.

Cristal

Objeto opaco

La luz no puede atravesar este tipo de objetos.

Objeto traslúcido

La luz atraviesa los objetos pero no permite verlos con precisión, solo nos deja intuirlos.

Aceite

¿Podemos mirar directamente al Sol?

A veces, la Luna se sitúa entre la Tierra y el Sol y hace que no podamos ver su brillo; cuando esto ocurre decimos que hay un eclipse de Sol. Si miras al cielo, además de tener que llevar unas gafas especiales, verás que se oscurece y aparecen las estrellas. Notarás también que los animales se preparan para dormir, ya que perciben que ha llegado la noche.

①

Eclipse total
El Sol desaparece por completo. Si eres afortunado y estás en esa parte de la Tierra, verás cómo de repente se hace de noche a mediodía.

Los eclipses no se ven en todas partes
Los eclipses de Sol no se ven desde cualquier lugar de la Tierra, solo se pueden ver desde la zona en la que cae la sombra de la Luna. Los eclipses son eventos astronómicos espectaculares, y existe incluso un turismo especializado en su avistamiento. Las personas a las que les gusta verlos tienen que hacer viajes muy largos.

Dos veces al año
Cada año hay al menos dos eclipses de Sol, pero casi todos ellos son parciales y además tiene que haber luna nueva.

Eclipse parcial

La Luna tapa un poco al Sol; si lo miras con la protección adecuada, verás el Sol como una galleta que se ha mordido un poco.

Eclipse anular

La Luna está en ese momento lo más lejos de la Tierra que puede estar, y por eso se ve más pequeña de lo normal. Se ve una especie de anillo alrededor.

Respuesta ¡NO!

¿Cómo puede la Luna tapar al Sol?

La Luna es 400 veces más pequeña que el Sol, pero el Sol está 400 veces más lejos, por lo que parece igual de grande desde nuestra posición.

El taller

Una caja para ver el Sol

Necesitas...
- Una caja de cartón
- Cinta adhesiva
- Tijeras
- Un alfiler
- Papel de aluminio
- Papel de periódico
- Papel en blanco

1. Corta dos rectángulos a cada lado de la caja para hacer como dos ventanas. Después, pega por dentro de cada una un trozo de papel blanco. Ahora tapa con papel de aluminio una de las aberturas y haz con un alfiler un pequeño agujero en el papel de aluminio. Forra la caja con papel de periódico para evitar que pueda entrar la luz.

2. Sal al exterior, colócate de espaldas al Sol y mira por la ventana de la caja. ¡Recuerda que nunca puedes mirar directamente al Sol sin protección!

¿Se mueve rápido la luz?

Ya sabes que la luz es pura energía y es algo que no se detiene: siempre está en movimiento recto, a menos que deba sortear un cuerpo de gran masa.

Medimos en años-luz

Imagina que vas en un coche de carreras, ¿corre mucho, verdad? Pues si lo comparamos con lo rápido que va la luz, irías mucho más despacio que una tortuga. La luz viaja a la máxima velocidad que existe en el Universo: por cada segundo que pasa, recorre 300.000 km. Para que te hagas una idea, ¡la luz puede dar la vuelta a la Tierra diez veces en un solo segundo! Por eso en astronomía los científicos usan el "tiempo-luz" para medir distancias.

La luz se mueve como una onda

En el espacio, la luz se mueve a través de ondas y, cuando choca con un objeto, lo hace como partícula. Prueba con esto: en un río con el agua quieta, deja caer una pequeña piedra. Verás que se forman ondas concéntricas: ¡así es como viaja la luz en el espacio!

La luz está formada por fotones, que son corpúsculos de energía sin masa, y que viajan a la máxima velocidad permitida en las carreteras del Universo: 300.000 km por segundo.

El taller

Un caleidoscopio

Necesitas...
- Un tubo de papel higiénico
- Washi tape
- Témperas y pincel
- Cinta adhesiva
- Papel de aluminio
- Dos cartulinas blancas
- Tijeras
- Rotuladores o pegatinas
- Una pajita flexible

1. Decora el tubo a tu gusto con el washi tape y las témperas.

2. Pega el papel de aluminio sobre una de las cartulinas y corta tres rectángulos iguales, dejando alrededor de cada uno un espacio para pegar, como pestañas. Forma un triángulo 3D y mételo dentro del tubo de papel higiénico.

3. Corta tres círculos en la otra cartulina, un poco más grandes que el diámetro del tubo y haz un agujero en el centro. Decóralos con los rotuladores con estrellas, corazones, espirales, letras...

4. Introduce la pajita en el agujero, dejando la zona flexible cerca y pégalo a la parte exterior del tubo. Ahora mira a la luz y gira el círculo, ¡ya tienes tu caleidoscopio!

Respuesta ¡Sí!

Las distancias en el espacio

El Universo es enorme y las distancias que hay entre los objetos es tan grande, que hablar de metros o kilómetros resulta poco útil; por ejemplo, Andrómeda, que es la galaxia que está más cerca de nosotros, está a 21.000.000.000.000.000.000.000 km. ¡Seguro que con tanto cero te has liado! Son 21 trillones de kilómetros. Por eso se utilizan los años-luz; en el caso de Andrómeda, ¡ni más ni menos que 2,3 millones de años-luz!

¿El Sol es pequeño?

Ya sabes que el Sol es una esfera gigantesca de gas caliente que brilla. Es el centro del sistema solar y a su alrededor giran todos los planetas. Ahora piensa en una mañana con un poco de niebla: si te fijas bien verás un poquito de luz, ¡es el Sol!

¡Vamos a dar una vuelta al Sol!

Imagina que subes en una nave espacial capaz de resistir todo el calor que desprende... y le das una vuelta, solo una... ¡Tardarías más de seis meses en hacerlo!, y eso que la velocidad sería mucho mayor que la permitida, sería supersónica.

El taller

Necesitas...
- Un alfiler
- Un cartón
- Un folio blanco
- Una regla

Mide el Sol

1. Antes de medir el Sol, ¡recuerda que nunca puedes mirarlo directamente!

2. Haz con el alfiler un agujero en el centro del cartón y sostenlo en alto; ten en cuenta que la luz del Sol debe pasar por el agujero hacia el folio en blanco. Debes sostenerlo aproximadamente a un metro del papel, así podrás tener una imagen más grande. Si lo necesitas pide ayuda a un adulto.

3. Ahora pide a un amigo que mida el diámetro de la imagen que se forma en el folio y también la distancia que hay entre el agujero y el papel. Con los datos que habéis obtenido, debes hacer las operaciones de esta fórmula:

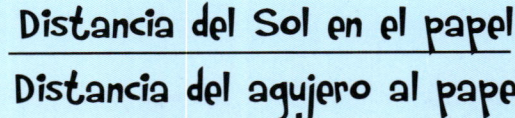

$$\frac{\text{Distancia del Sol en el papel}}{\text{Distancia del agujero al papel}} \times 149.600.000 \text{ km}$$

(que es la distancia que hay entre la Tierra y el Sol)

Según con lo que compares

Seguro que ya has llegado a la conclusión de que el Sol es muy grande, pero los expertos no opinan igual, porque lo comparan con otras estrellas; por eso les parece que es una estrella de tamaño pequeño.

Antares
Es 530 veces el tamaño del Sol y es la estrella más brillante de la constelación de Escorpio.

Cefeo
Tiene un color rojo intenso y es aproximadamente 1.500 veces el tamaño del Sol, ¡es enorme!

Betelgeuse
Está en la constelación de Orión; tras medirla y analizarla han llegado a la conclusión de que si la cambiásemos por el Sol, y la colocásemos en el centro de nuestro sistema solar, ¡desaparecerían las órbitas de Mercurio, Venus, Tierra y Marte!

Sol

Sigue pareciendo gigante

Aunque tardes más de un siglo en llegar a él, y sepas que está muy lejos, te sigue pareciendo grande, ¿verdad? La razón es muy sencilla: el Sol es muy grande para nosotros, mide un millón y medio de kilómetros. Dentro de él caben más de un millón de planetas como la Tierra.

Está muy lejos

El Sol está a 150 millones de kilómetros de nosotros. Para que te hagas una idea: si fueses en un fantástico coche volador y estuviese permitido circular a 150 kilómetros por hora, ¡tardarías más de 114 años en llegar!

Respuesta ¡Sí!

¿Se mueren las estrellas?

Para vivir las estrellas necesitan combustible que puedan quemar. Este se encuentra en sus núcleos y se llama "hidrógeno". Protones de este elemento se unen y formas átomos de helio, generando radiación. Cuando esta radiación o energía sube a la superficie de las estrellas, se convierte en luz y calor.

La luz es la mensajera del espacio

Al analizar un rayo de luz proveniente de una estrella, se pueden conocer muchas cosas de ella: distancia, temperatura, edad, etc. Para ello se utilizan espectroscopios, algo así como el estetoscopio que emplea tu médico cuando quiere escuchar tu corazón.

¿Qué queman las estrellas?

En su mayoría, como el Sol, queman hidrógeno, que convierten en helio, aunque también pueden quemar otros elementos, como el carbono, el oxígeno y el neón. Cuando se les acaba un combustible, las estrellas empiezan a quemar otro y comienzan a hincharse hasta tener un gran tamaño y convertirse en gigantes estrellas rojas.

Respuesta ¡SÍ!

¡Qué alivio!

Los expertos creen que aún falta mucho para que el Sol se convierta en una gigante roja, pero cuando lo haga, dentro de 5.000 millones de años, ¡se tragará a la Tierra y otros planetas del sistema solar!

Supernova

Gigante estrella roja

¡Boom! Exploté

Cuando las estrellas han agotado su combustible del núcleo y ya no pueden generar más energía, explotan. Esa explosión se llama "supernova". Son tan brillantes que se observan a enormes distancias en el Universo, y el brillo de algunas de ellas sirve para calcular distancias.

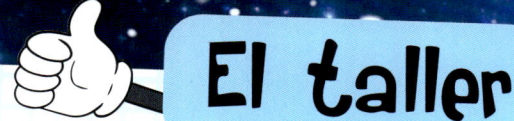

El taller

Un telescopio

1. Decora el tubo con washi tape. Haz un corte a dos centímetros del borde del tubo, dejando un centímetro sin cortar. Ya tienes la base.

2. Haz rectángulos de 6 x 6,5 cm en el cartón para hacer los marcos de las diapositivas (necesitas dos marcos para cada una). Recorta un cuadrado en el centro, de manera que te queden marcos huecos y pega un cuadrado de papel de aluminio en el centro de cada diapositiva.

3. Elige una constelación y perfora el papel de aluminio siguiendo su forma. Introduce la diapositiva en la ranura y... ¡mira las estrellas!

Necesitas...

- Un tubo de cartón largo (de papel de cocina)
- Washi tape
- Cartón fino (de caja de galletas o cereales)
- Papel de aluminio
- Pegamento
- Tijeras
- Regla
- Lápiz

¿Pueden perder las estrellas su brillo?

Cuando un ser querido nos deja tenemos sus fotos para recordarlo, podemos ir a visitar a sus amigos o acordarnos de los momentos que compartíamos juntos, pero... ¿qué pasa cuando una estrella deja de dar luz y ya no está con nosotros?

Siempre con nosotros

Te voy a contar un secreto: las estrellas, al igual que las personas, nunca se van del todo; unas se van convirtiendo en otra clase de estrella y otras explotan, dejando en el Universo un rastro que tarda mucho, mucho tiempo en desaparecer. Que se transformen en una nueva estrella o que exploten, depende de la materia de la que estaban hechas.

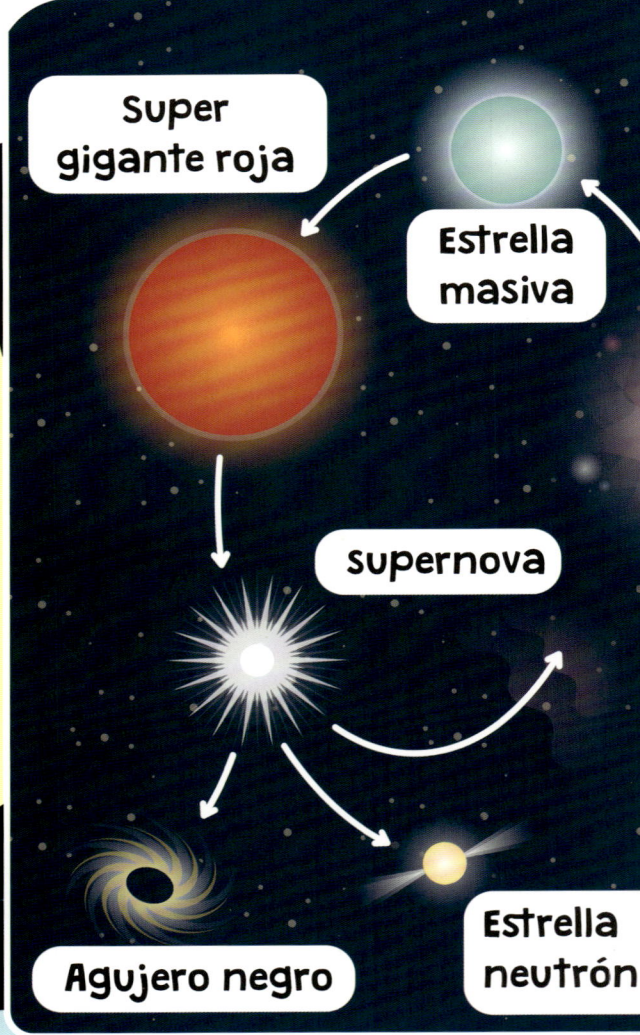

Super gigante roja
Estrella masiva
supernova
Agujero negro
Estrella neutrón

Un agujero negro

También hay estrellas muy grandes que poco a poco van quemando su combustible y cuando ya casi no les queda, estallan y se convierten en supernovas. Su núcleo se reduce a lo mínimo, concentrando buena parte de la masa de esta estrella grande, lo cual provoca una deformación en el espacio cercano: "un agujero negro".

Una vida muy larga

Las estrellas viven mucho y cuanto más pequeñas, más viven: cuando ya casi no les queda combustible, siguen brillando mucho tiempo, pues se convierten en lo que los expertos llaman enanas blancas y se van enfriando muy despacio, tanto que se apagan tras miles de millones de años.

- Estrella promedio
- Gigante roja
- Nebulosa estelar
- Nebulosa planetaria
- Enana blanca

El taller

Estrellas en un plato

Necesitas...
- Un plato
- Agua
- Colorante alimenticio azul
- Aceite de girasol
- Leche
- Cuentagotas

1. Prepara en el plato la mezcla de agua y colorante. Con mucho cuidado vierte una capa de aceite de girasol sobre la mezcla.

2. Con ayuda del cuentagotas, vierte un poco de leche en el plato, verás cómo poco a poco las gotas de leche sobre el aceite forman un bonito mapa estelar con estrellas de distintos tamaños, como las que hay en el Universo.

Reciclaje de estrellas

Las estrellas no acaban de morir nunca: están constantemente arrojando materia, que ellas crean en su interior, al espacio. Este no desaprovecha nada, todo lo reutiliza, y con esta materia se crea una nueva generación de estrellas.

Respuesta ¡Sí!

De enanas a gigantes

Hay unas estrellas, las enanas rojas, que se van apagando poco a poco hasta que ya no les queda combustible y empiezan a quemar helio. Cuando gastan todo el combustible de su núcleo, aumentan un poco de tamaño y se desarman formando una nebulosa planetaria, y su núcleo se convierte en una enana blanca.

¿Las estrellas salen solo por la noche?

Seguro que de día has mirado muchas veces el cielo y has visto nubes, el Sol, incluso alguna vez has divisado la Luna. Pero ¿qué pasa con las estrellas durante el día? Probablemente, ya habrás deducido que la única estrella que vemos de día es el Sol...

Como la luz de tu habitación

Si alguna vez has probado a encender una lámpara o una linterna en un lugar que ya tiene luz, te habrás dado cuenta de que no ves la diferencia y que no es necesario que esté encendida. Eso es lo que pasa con las estrellas; durante el día están ahí en el cielo, pero la energía del Sol es tan grande y desprende tanta luz que no podemos verlas, ni siquiera los astrónomos.

El atardecer y el amanecer

Si miras atentamente al cielo cuando el Sol se pone o sale, seguro que ves alguna estrella más; esto se debe a que en esos momentos la luz del Sol es más débil y deja que veamos otras estrellas e incluso algún planeta, como Venus, al que conocemos como el Lucero del alba.

Ohhh

Mejor en el campo

La luz hace que a veces sea difícil ver las estrellas, por eso es mejor alejarse de las ciudades e ir al campo, lejos de lo que los expertos llaman contaminación lumínica, que son las luces artificiales que empleamos: farolas, carteles de publicidad, la luz de las casas y de los escaparates de las tiendas...

El Sol se esconde

Al atardecer el Sol se empieza a esconder en el horizonte y se hace de noche. Así aparece uno de los espectáculos más maravillosos del mundo: el cielo estrellado. A simple vista, podríamos contar unos cuantos miles de estrellas, pero existen miles y miles de millones.

Respuesta ¡NO!

El taller

Necesitas...

- Papel de aluminio
- Tijeras
- Cartón
- Un punzón o un objeto similar
- Un rotulador de color plata
- Un bote de cristal
- Una lámpara led
- Pegamento

Una lámpara de estrellas

1. Recorta el papel de aluminio y colócalo sobre el cartón. Con la ayuda de un adulto, marca las constelaciones con el punzón.

2. Una vez marcadas las estrellas, únelas utilizando el rotulador de color plata. Después, enrolla e introduce con cuidado el papel de aluminio en el bote. Fíjalo con pegamento al tarro de cristal.

3. Introduce la lámpara led (asegúrate antes de que es más pequeña que la boca del tarro de cristal) y cierra el bote. Ya tienes una lámpara para poder ver las estrellas, ¡solo tienes que estar a oscuras!

¿Hay nubes en el espacio?

Seguro que has mirado muchas veces al cielo y has visto nubes, que están formadas por millones y millones de partículas pequeñas de agua y de hielo que caen en forma de lluvia. Es muy importante para la vida del planeta: ¡sin agua no podemos vivir!

Las nebulosas, las nubes del espacio

Igual que en el cielo hay nubes que producen lluvia, en el espacio hay nebulosas de polvo y gas y algunas tienen el poder de crear estrellas: cuando una estrella explota algunas partes de la nube empiezan a hacerse más y más pequeñas y se van volviendo más densas. Sube su temperatura y surge así lo que llamamos una protoestrella.

Evolución de las nubes

Nebulosa → Protoestrella → Estrella

De protoestrella a estrella

Las estrellas se forman en el interior de las nebulosas, acumulando gas y polvo interestelar. Cuando la parte central alcanza grandes temperaturas, el gas se quema y se genera energía, comenzando a brillar y emitir calor. ¡Ha nacido una estrella!

Respuesta ¡SÍ!

Nebulosa de reflexión

Nebulosa de emisión

Nebulosa de absorción

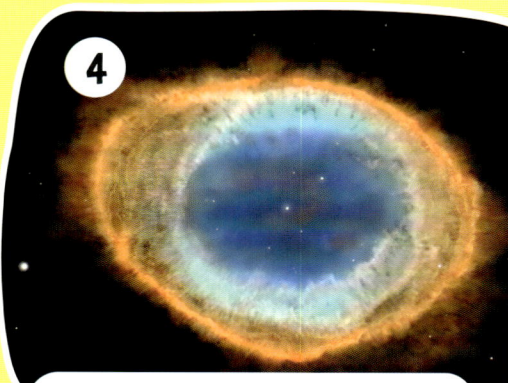

¡Cuántas nebulosas!

1. No tienen luz propia, sino que brillan porque reflejan la luz que viene de las estrellas de su interior.
2. Absorben la luz de las estrellas de su interior y, como les sube la temperatura, consiguen brillar mucho.
3. No crean luz y también se les llama oscuras.
4. Se llaman así porque tienen una forma parecida a un planeta que se desarma; realmente es una estrella que está al final de su vida.

Nebulosa planetaria

El taller

Una nebulosa en un bote

Necesitas...
- Una botella
- Agua
- Colorante alimenticio o pinturas para tela
- Un lápiz
- Algodón
- Purpurina

1. Limpia y seca la botella por dentro y por fuera y llena una tercera parte con agua. Añade el colorante que hayas elegido. Mezcla bien con un lápiz para que se incorpore al agua.

2. Pon un poco de algodón para que absorba el agua. Presiona con el lápiz y asegúrate de que todo el algodón se ha impregnado de la tintura. Esparce un poco de purpurina sobre él; tapa el bote y agítalo con fuerza para que se mezcle bien.

3. Coloca un poco más de algodón para crear una segunda capa y, en otro recipiente, prepara una nueva solución de agua y colorante. Cuando esté lista, viértela sobre la segunda capa de algodón, agrega más purpurina y remuévela con un lápiz. Repite hasta que el bote quede lleno hasta el tope. ¡El resultado es espectacular!

¿Hay agujeros en el espacio?

En el Universo existen los agujeros negros, unos sitios glotones que se tragan todo lo que pasa cerca de ellos porque son una concentración de gran masa en un punto infinitamente pequeño. No dejan que escape radiación, ni siquiera la luz.

El taller

Necesitas...

- Una cartulina
- Un lápiz
- Rotuladores de colores
- Pintura de cera negra
- Algodón

Un agujero 3D

1. Dibuja en la cartulina el boceto: realiza un semicírculo, que será la parte inferior de la ilusión óptica que verás en tres dimensiones cuando en realidad es plano. Traza caminos curvos desde el centro del semicírculo.

2. Repasa las líneas del boceto con los rotuladores. Después, traza el borde del resto del círculo con el lápiz. Úsalo para dar un poco de gris al espacio que queda entre los caminos y difumínalo con un poco de papel.

3. Rellena el círculo con cera negra, que también difuminarás con un algodón o un trozo de papel. Para ver el efecto, debes cerrar un ojo o utilizar una cámara.

¡Qué nombre tan raro!

Los especialistas hablan de agujeros porque las cosas pueden caer en él, pero no salir, como cuando tienes un pequeño agujero en tu chaqueta y se te cuela una moneda, es muy difícil sacarla. Dicen que es negro porque ni siquiera la luz puede escapar de él, ¡se la traga como el aspirador al polvo!

¿Cómo se forman los agujeros negros?

Cuando una estrella grande explota puede convertirse en un agujero negro. Las altísimas temperaturas de una estrella activa hacen que se expanda manteniendo así su equilibrio, pero, al enfriarse, la estrella comienza a encogerse. Si posee mucha materia, la fuerza con que se atraerán sus partículas será tan intensa, que se convertirá en un agujero negro.

¿El Sol podrá ser un agujero negro?

¡No! Es una estrella demasiado pequeña, ¡menos mal!

Respuesta ¡Sí!

Vamos a detectarlos

¿Cómo sabemos que existen? Para localizarlos, los astrónomos miden los efectos que causan en los objetos que están fuera de ellos. Por ejemplo, se han podido descubrir algunos agujeros negros al observar cómo caía en su interior gas y polvo de alguna estrella que estaba cerca de ellos: se forma una especie de remolino que emite rayos X y tenemos aparatos que permiten detectar desde la Tierra este tipo de radiaciones.

¿Pueden caer piedras desde el espacio?

Cuando miras al cielo parece que está siempre quieto, pero si te fijas, a veces ves una estrella fugaz, o cometas, incluso hasta puedes observar una lluvia de estrellas... ¡El cielo guarda muchos, muchos secretos!

No consiguieron ser planetas...

Cuando se formó el sistema solar, mucha materia se quedó suspendida sin llegar a formar un planeta. Los expertos llamaron asteroides a estos trozos de roca que giran alrededor del Sol y que desde la Tierra se ven como pequeños puntitos de luz.

¡Uy, que me choco!

Los asteroides viajan por el espacio, y hay muchos, pero aunque son pequeños y están muy lejos, hay veces que acaban chocando. En ocasiones no les pasa nada y otras el golpe es tan fuerte, que se rompen en trozos pequeños que viajan hasta que pasan cerca de un planeta, este les atrapa con su gravedad y caen sobre él.

Cráter

Es el agujero que se hace cuando choca un meteorito contra la Tierra.

Meteorito

Es un asteroide que cae sobre la superficie de la Tierra.

Los cometas

Además de los asteroides, al formarse los planetas también quedaron sueltos pequeños cuerpos celestes, los cometas. La mayoría son tan pequeños y están tan lejos, que solo podemos verlos cuando van hacia el Sol, porque su calor hace que los trozos de hielo se deshagan y se conviertan en gas y en una larga cola de polvo fino, como los granos de arena.

Una estrella fugaz

Muchos granitos de polvo de los cometas o trozos pequeñísimos de meteoritos caen de golpe a la Tierra y, al pasar del frío espacio exterior al calor de nuestro planeta, se calientan tanto que se queman. Esto deja un rastro brillante en el cielo, que llamamos estrellas fugaces. Por eso cuando un cometa está pasando cerca de la Tierra es fácil verlas.

El taller

Una luna con cráteres

1. Hincha el globo y cúbrelo por completo con la cola para papel maché y las tiras de papel. Deja que se seque.

2. Para hacer los cráteres de la superficie de la Luna, corta los fondos de los vasos de papel y pégalos en el globo, y después vuélvelo a cubrir con cola y más tiras pequeñas de papel. Deja secar y luego puedes pintarla con negro, gris y blanco. Para darle un toque brillante, aplícale una ligera capa de pintura nacarada.

Necesitas...

- Un globo
- Cola para papel maché
- Tiras de papel de periódico, papel reciclado o papel de cocina
- Cartón y cinta adhesiva
- Varios vasos pequeños de papel
- Tijeras
- Un bol o recipiente
- Agua
- Pinceles viejos
- Pintura negra, gris, blanca y nacarada

¿Fue un asteroide lo que acabó con los dinosaurios?

Ya sabes que los asteroides son trozos de roca que giran alrededor del Sol, pero son tan pequeños que no los consideramos planetas. Algunos pasan realmente cerca de la Tierra...

Viajamos al pasado

Parece ser que hace 66 millones de años, un asteroide de más de 10 km de diámetro cruzó a gran velocidad la atmósfera y cayó en México, provocando una grandísima explosión que hizo que volaran cenizas por todo el planeta. Se creó una nube muy grande que tapó el Sol y empezó a hacer mucho, mucho frío, haciendo que murieran los dinosaurios ya que no había vida vegetal ni animal y se quedaron sin alimento.

Respuesta: Tal vez...

¿Es eso cierto?

Muchos científicos creen que fue así porque han encontrado una sustancia frecuente en los meteoritos pero no en la Tierra: el iridio, que tiene los mismos años que hoy tendrían los dinosaurios. Además, han analizado rocas de ese periodo y han llegado a la conclusión de que se comportaron como las zonas en las que caen los asteroides.

El taller

Necesitas...
- Una caja de zapatos
- Arena fina
- Piedras de distintos tamaños

Fabricando cráteres

1. Llena una pequeña caja con arena fina. Busca una piedra de tamaño mediano, que será el asteroide.

2. Tira la piedra asteroide hacia la arena y observa el cráter resultante. Usa piedras de distintos tamaños y podrás comprobar la diferencia de dimensiones de los cráteres que provocan en su caída.

No es seguro...

Muchos expertos señalan que los dinosaurios, y muchas otras formas de vida, ya estaban desapareciendo antes, porque la temperatura del planeta y el nivel del mar habían descendido y los animales se habían resentido. Más o menos como está pasando hoy en día: cada vez hace más calor, tenemos menos agua y más contaminación, lo que hace que los animales se mueran o estén en peligro de extinción.

¿Y si hubiera sido en otro lugar?

Algunos expertos creen que el problema no está en el tamaño del meteorito ni en la explosión que ocasionó, sino en el lugar en el que cayó, una zona en el que el mar es poco profundo. Si lo hubiese hecho unos segundos antes, hubiera caído en el mar profundo, no en una zona costera y ¿quién sabe?, quizá hoy seguirían existiendo los dinosaurios.

¿Sabemos la edad de todo lo que hay en la Tierra?

Tenemos la necesidad de contar: historias, números y por supuesto, ¡también el tiempo! Tenemos siete u ocho años, nos fuimos quince días de vacaciones, mañana iremos a la escuela...

Investigamos sobre nuestro pasado

En el siglo XVIII, empezamos a buscar combustible en el interior de la Tierra para encontrar una energía que sirviese para que las máquinas funcionasen. De repente, descubrimos restos de dinosaurios y entonces nos dimos cuenta de que la historia de nuestros orígenes era diferente a la que creíamos...

Un planeta ¡del revés!

¿Te imaginas un animal marino en lo alto de una montaña? ¿Y un oso polar en una zona tan cálida como el ecuador? Pues eso es lo que se encontraron los especialistas: animales extintos en zonas que no les correspondía, lo que les hizo pensar que la Tierra en un pasado no era como la conocíamos. Antes pensaban que la Tierra y el Universo tenían unos 6.000 años, pero se dieron cuenta de que para que se produjesen esos cambios tendría que tener millones de años.

Día Tiempo que tarda la Tierra en dar una vuelta sobre su propio eje.

Año Tiempo que emplea la Tierra en dar una vuelta alrededor del Sol, que es 365 días.

No solo la Tierra...

Los especialistas no se quedaron conformes y cuando viajaron a la Luna trajeron rocas para ser analizadas. Descubrieron que tenían la misma edad que nuestro planeta. Hicieron lo mismo con los meteoritos, fragmentos del espacio que caen en la Tierra, y llegaron a la misma conclusión: todos se tuvieron que crear a la vez.

Respuesta ¡Sí!

En descomposición

Tras la sorpresa inicial, los especialistas se pusieron a pensar en cómo medir el tiempo que tiene la Tierra y se dieron cuenta de que una forma de hacerlo era conocer cuánto tardan en descomponerse sus materiales. Descubrieron que era un planeta muy, muy antiguo: tenía ni más ni menos 4.500 millones de años.

El taller

Necesitas...

- Para la pasta de sal:
  - Un barreño y una cuchara
  - Dos tazas de harina de trigo
  - Una taza de sal fina
  - Una taza de agua
- Hojas de árboles, caracolas, dinosaurios, insectos y otros animales de plástico
- Témperas y pincel (opcional)

Tus propios fósiles

1. Para hacer la pasta de sal, pon en un barreño la harina y la sal. Mueve un poco para que se mezclen y vierte el agua, removiendo primero con una cuchara y después con las manos.

2. Estira la masa con las manos y forma piezas irregulares. Presiona los objetos sobre la masa y deja secar su huella al aire (o pide ayuda a un adulto y que los meta en el horno).

3. Cuando esté seca, colorea y da sombra a algunas partes.

¿La Tierra está siempre en movimiento?

Ya sabes que durante el día el Sol nos ilumina, pero no lo hace por la noche; también sabes que en verano hace calor y en invierno frío, pero ¿por qué?

La Tierra se mueve

Aunque no lo notas apenas, la Tierra se mueve y lo hace de dos formas diferentes:

Movimiento de rotación: se mueve sobre sí misma, es decir, sobre un eje imaginario que pasa por su centro y en los extremos están los polos, como el movimiento de una peonza.

Movimiento de traslación: se mueve alrededor del Sol, se va trasladando poco a poco, hasta hacer una elipse alrededor de él. Tarda 365 días, un año.

Gira y gira

La Tierra tarda unas 24 horas en dar una vuelta completa sobre sí misma. Así, se suceden los días y las noches, de manera que en la parte de la Tierra que queda iluminada por los rayos del Sol es de día, y en la que queda a la sombra es de noche.

El ciclo del día y de la noche

Las cuatro estaciones

El eje de la Tierra no cambia, siempre está en la misma posición y cuando se mueve alrededor del Sol hace que sus rayos no lleguen siempre de la misma manera: una veces llegan más inclinados, otras más rectos, por eso se producen las cuatro estaciones.

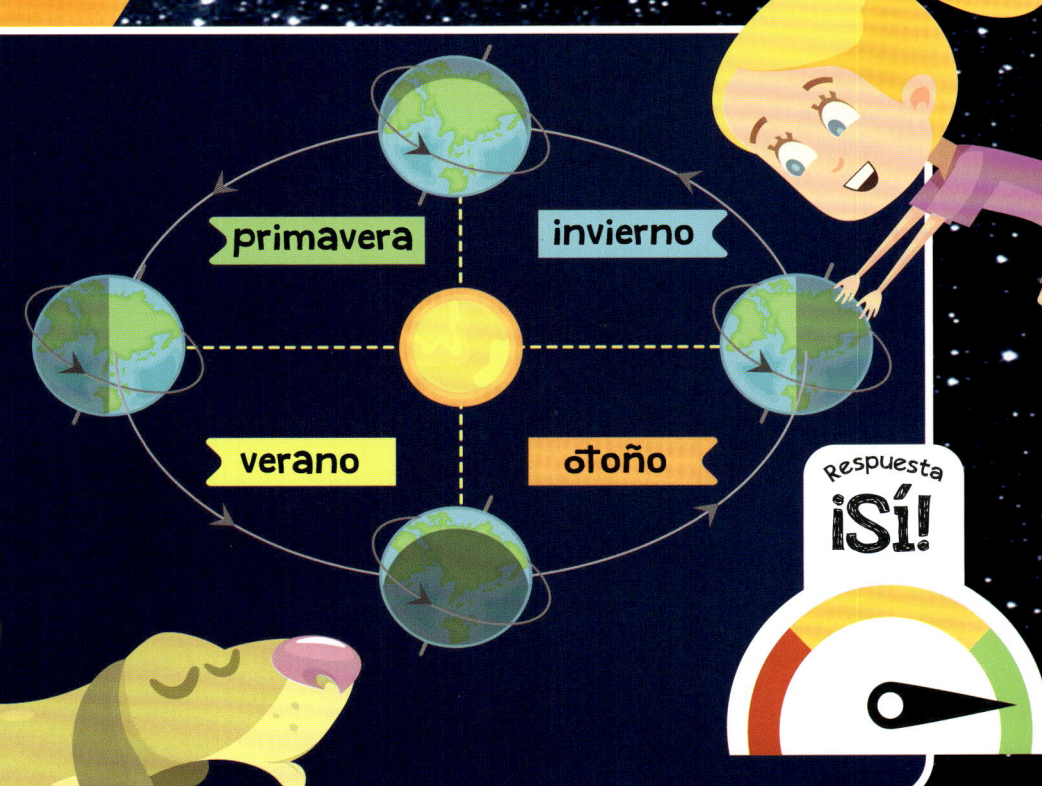

Respuesta ¡Sí!

El taller

La Tierra alrededor del Sol

Necesitas...
- Cartulinas amarilla, azul, verde y plata
- Tijeras
- Lápices de colores
- Un trozo de cartón
- Tres tachuelas

1. Dibuja el Sol, la Tierra y la Luna en las cartulinas de su color correspondiente y recórtalas. Recuerda los tamaños de cada uno.

2. Pinta el Sol y la Tierra con los lápices de colores. Corta dos barras en el cartón; una de unos 10 cm con la que unirás la Tierra al Sol, y la otra de unos 3 cm, para simular la distancia de la Luna a la Tierra.

3. Haz un agujero en el centro del Sol y une la barra de cartón con una tachuela. Haz otro agujero en la Tierra y únela al extremo libre de la barra donde está el Sol con otra tachuela; ahora une la Luna a la Tierra con la barra pequeña. Si giras, comprobarás el movimiento de la Tierra alrededor del Sol.

¿El tiempo es siempre el mismo?

Sabemos que hace frío y calor, que llueve y nieva, pero no nos referimos al clima, nos referimos al tiempo que marca el reloj.

Una dimensión más

Imagina que tu armario es el Universo, en él puedes ver que hay una altura, una anchura y una profundidad, pero fíjate un poco más, ¿ves cómo se mueve? ¿No? Aunque no lo notes, tu armario se mueve despacito, pero no te das cuenta porque no se mueve en el espacio, ¡se mueve en el tiempo!, que es lo que los expertos llaman cuarta dimensión.

Cambia la velocidad

Seguro que piensas que el tiempo de jugar se pasa volando, pero cuando te pones a hacer las tareas el tiempo va leeeeeento. Pero el tiempo no depende de si lo que hacemos nos gusta o no, depende del lugar en el que estés y de la velocidad a la que te muevas.

¡Tengo dos relojes atómicos!

Cuando vuelvo a casa cada reloj marca...

Uno lo llevo al ESPACIO en una nave que viaja a la mitad de la velocidad de la luz → **26 años**

Otro lo dejo en CASA → **30 años**

Nosotros también cambiamos

Mírate en un espejo. ¿Verdad que no eres igual que cuando eras un bebé? Todos cambiamos, pero no lo hacemos al mismo ritmo.

La cima de una montaña: el tiempo pasa un poco más rápido como en el Everest, que es la montaña más alta del mundo.

¿Y en todas partes es igual?

La fuerza de la gravedad está detrás del paso del tiempo, pero en nuestra vida común no lo notamos. Para los astronautas de la Estación Espacial Internacional, el tiempo transcurre un poco más lento que en la superficie terrestre, pero la diferencia es mínima. Habría que viajar muy lejos y por mucho tiempo para percibir algún cambio.

La playa: como estamos más cerca del centro de la Tierra, los relojes van un poco más despacio.

El taller

Necesitas...

- Una botella grande de plástico
- Un cúter
- Dibujos y fotos tuyas
- Un juguete pequeño que no uses
- Una lista con tus cosas favoritas
- Cualquier objeto que dentro de cuatro años te pueda sorprender
- Cinta adhesiva
- Folio en blanco
- Rotulador

Una cápsula del tiempo

1. Corta con la ayuda de un adulto la boca de la botella e introduce todos los objetos que has elegido; después une las dos partes de la botella con la cinta adhesiva, para que sea hermética y nadie la pueda abrir.

2. Crea una etiqueta en el folio y pon tu nombre, la edad que tienes y la fecha en la que podrás abrir la cápsula del tiempo. Pégala en la botella con la cinta adhesiva. Guárdala en un sitio seguro y espera a la fecha que has puesto para abrirla, ¡verás qué divertido!

Respuesta
¡NO!

¿Podemos viajar a través del tiempo?

Nos encanta viajar, y para ello empleamos los automóviles, los aviones o los barcos. Pero... ¡también nos gustaría viajar en el tiempo!

¡Viajes al futuro!

Para movernos en el tiempo tendríamos que crear una máquina especial. Si queremos ir al futuro podría ser algo más fácil; necesitaríamos una máquina capaz de moverse casi a la misma velocidad que la luz, porque así el tiempo que pasemos en el futuro transcurrirá más despacio y al volver a la Tierra apenas habríamos envejecido, aunque aquí podrían haber pasado muchos años.

Viajes en el tiempo – Agujero de gusano

- Curva espacio-tiempo fuera del agujero gusano
- Boca del agujero
- FUTURO
- Hiperespacio
- Curva cerrada del tiempo
- PRESENTE

Todo es posible, hay que quererlo

A diferencia de los agujeros negros, los agujeros de gusano sí que implican un retorno. Aunque aún son una teoría, no podemos olvidarnos de que el Universo es muy extenso y ¡todavía nos queda mucho por descubrir!

La imaginación

Aunque no sea posible montarnos en una máquina y viajar al pasado o al futuro, el ser humano tiene la capacidad de imaginar, de crear nuevos mundos y viajar a través de ellos.

Viajes al pasado

Los expertos están casi seguros de que existen los agujeros de gusano, una vía teórica de comunicación entre dimensiones, de manera que sería un atajo que nos permitiría viajar en el tiempo. Si quieres viajar al pasado, solo puedes hacerlo a una fecha posterior a la que se creó el agujero de gusano, pero si no hemos podido ver los agujeros de gusano, ¿cómo vamos a ser capaces de crearlos?

El taller

Necesitas...
- Una caja de zapatos
- Pegamento
- Papel blanco o de colores
- Tapones de botellas
- Rotuladores de colores
- Vasos de plástico

Una máquina del tiempo

1. Pega la tapa de la caja para que no se mueva y fórrala con los papeles, como si fuera un regalo. Pinta la cara delantera de la máquina del tiempo (quedaría encima de la tapa). Haz los ojos y la boca con los tapones de las botellas. Dibuja unos botones y un teclado con números para que puedas elegir a qué continente y país irás y en qué año quieres hacerlo.

2. Ponle todos los complementos que quieras: cuerda en los laterales o pégale los vasos de plástico. ¡Esos serán tus intercomunicadores!

3. Piensa a qué país quieres viajar y en qué época. Si hará frío o calor, qué animales viven allí, qué idioma hablan, qué lugares famosos e históricos verías...

Respuesta ¡NO!

¿Son de diferentes colores los planetas?

Seguro que has visto muchas fotos o dibujos de los planetas y cada uno tiene un color diferente. Esto se debe a los elementos de los que se componen y a cómo sus superficies o atmósferas reflejan y absorben la luz solar.

Marte

Marte tiene un color anaranjado porque está cubierto con un polvo fino que contiene óxido de hierro.

Venus

Venus parece blanco amarillento, ya que está cubierto con una atmósfera espesa de dióxido de carbono y nubes de ácido sulfúrico y cuando le da la luz, adopta esta tonalidad.

Tierra

La Tierra es asombrosa vista desde el espacio: con sus océanos azules, sus bosques verdes y sus desiertos marrones y ocres, aunque a veces las nubes pueden confundirnos y hacernos creer que en el Sahara o en la Amazonia hay mucha nieve.

Mercurio

Mercurio tiene un color marrón grisáceo porque su superficie rocosa, hecha de piedras de silicato derretido, está cubierta con una espesa capa de polvo.

Saturno tiene color café amarillento porque su atmósfera exterior, aunque está principalmente formada por hidrógeno y helio, también tiene un poco de amoníaco, fosfina, vapor de agua e hidrocarburos que le hacen tener ese color tan especial.

Neptuno

Saturno

Urano

Urano tiene un color azul verdoso, porque en su atmósfera el hidrógeno y el helio se mezclan con el gas metano, que es el que le da el color que vemos.

Neptuno tiene un intenso color azul, porque en su atmósfera tiene, junto al hidrógeno y al helio, un poco de gas metano.

Júpiter

Respuesta ¡SÍ!

Júpiter es un planeta gaseoso gigante con una atmósfera exterior compuesta de hidrógeno y helio con pequeñas cantidades de agua, cristales de hielo, de amoníaco y otros elementos. Nubes de estas partículas crean tonalidades blancas, anaranjadas, cafés y rojas.

El taller

El sistema solar

Necesitas...
- Una cartulina negra
- Lápiz blanco
- Pelotas de distintos tamaños y colores

1. Vamos a hacer una maqueta del sistema solar. Pinta con un lápiz blanco en una cartulina negra círculos concéntricos; los planetas se representan con pelotas de diversos tamaños y colores.

2. Una vez hecha, puede servir como tablero de juego en el que, por ejemplo, se puede colocar en su lugar correspondiente los planetas o descubrir cuál es el que falta.

¿Conocemos todos los planetas?

Los científicos creyeron durante mucho tiempo que los planetas eran cuerpos celestes sin luz propia que giran en una órbita elíptica alrededor de una estrella. En nuestro sistema, giran alrededor del Sol.

Planetas rocosos

En el sistema solar está el Sol, grande y luminoso; Mercurio, muy pequeñito; Venus, cubierto siempre de nubes; la Tierra, con sus ríos y animales y personas; y Marte, el planeta rojo: por todos ellos podrías caminar porque son planetas rocosos.

Planetas gigantes

Más allá de Marte está el Cinturón de asteroides, formado por un montón de rocas de distintos tamaños que, se cree, son restos de la formación de los planetas. Y después están Júpiter, Saturno, Urano y Neptuno, que son enormes y no tienen suelo que pisar, ya que están compuestos de gas.

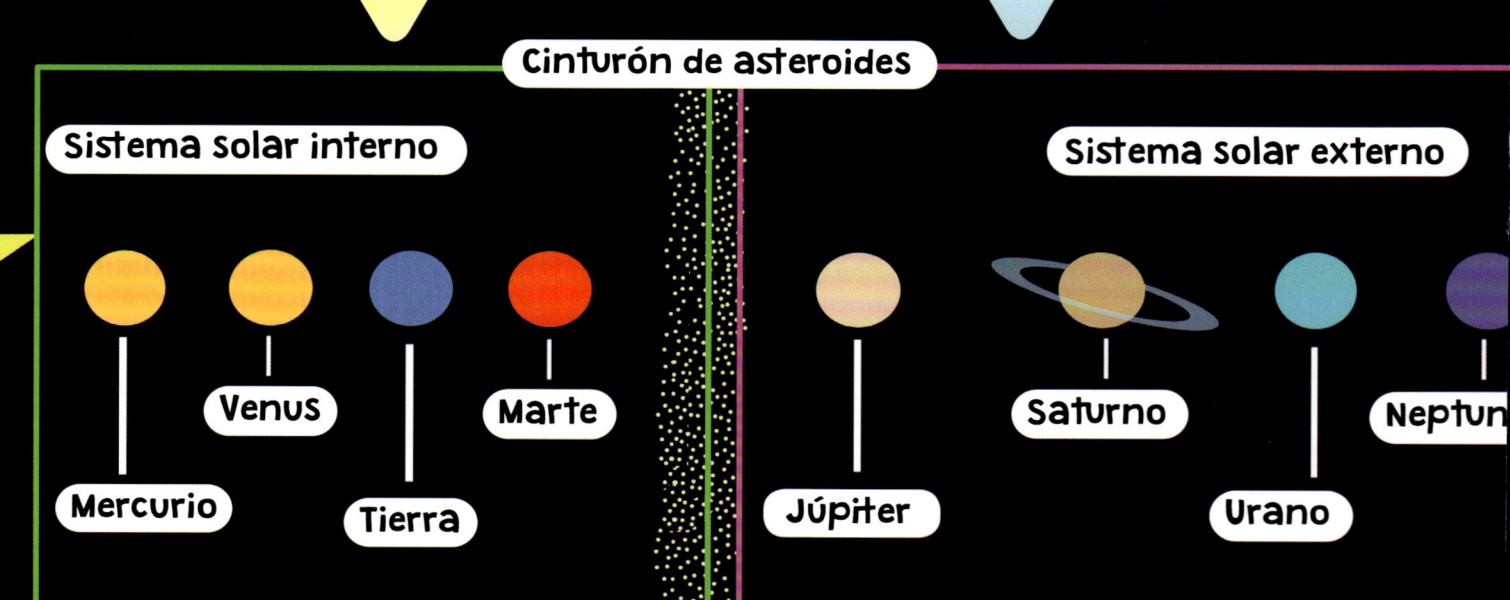

Cinturón de asteroides

Sistema solar interno: SOL, Mercurio, Venus, Tierra, Marte

Sistema solar externo: Júpiter, Saturno, Urano, Neptuno

respuesta ¡NO!

Planetas enanos

Después viene Plutón, junto a Sedna, Haumea, Makemake, Xena y Eris. Esta lista de planetas enanos va a ir en aumento, porque los avances tecnológicos en la observación permitirán descubrir nuevos cuerpos celestes en la zona donde orbita Plutón.

El taller

Un sistema solar de piedras

Necesitas...
- Piedras de río de diferentes tamaños
- Pinceles
- Pintura acrílica blanca
- Un tapón
- Lápiz y goma
- Rotuladores de colores
- Barniz
- Pegamento e imán (opcional)

1. Lava y seca bien cada piedra. Usa la más grande para el Sol. Pinta en todas ellas un círculo blanco si son piedras oscuras, así conseguirás que el centro sea más brillante y luminoso. Deja que se sequen.

2. Usa el tapón como plantilla para dibujar el Sol y los planetas. Perfila con el rotulador y coloréalos (repasa cuáles son los colores de cada planeta).

3. Para terminar, dales una capa de barniz, y si quieres, puedes pegar un imán por detrás. ¡Ahora ya solo te queda ordenarlos tal y como están en el espacio!

Cinturón de Kuiper

Haumea · Plutón · Makemake · Eris

Una no, ¡dos listas!

Los especialistas pensaron que sería mejor hacer dos listas: una para los planetas y otra para los planetas enanos, donde también está Sedna, que le pasó lo mismo que a Plutón.

45

¿Hay muchos satélites en el espacio?

Alrededor de algunos planetas giran cuerpos celestes que no tienen luz, pero lo parece, porque reflejan la luz de una estrella más grande. A estos cuerpos los especialistas los llaman satélites.

Artificiales y naturales

Los satélites naturales están formados por piedras, gases y masa y giran alrededor de los planetas gracias a la fuerza de la gravedad. Los satélites artificiales, hechos por el hombre, están alrededor de la Tierra y de otros planetas. Sirven para darnos datos del Universo, transmitir información, podernos comunicar, etc.

Tierra

¿Cuántos satélites hay?

Alrededor de la mayoría de los planetas giran satélites, de la misma manera que la Luna da vueltas alrededor de la Tierra. Pero no todos los planetas tienen el mismo número de lunas, hasta hay alguno, como Mercurio o Venus, que no tienen. Los especialistas han elaborado una tabla y según los datos, en el sistema solar hay 181 lunas.

¿De dónde salen?

No se lo digas a nadie, pero los científicos son tan curiosos como tú, y les gusta saber el origen y el porqué de muchas cosas. Con el origen de los satélites no llegan a ponerse de acuerdo y estas son algunas de las teorías:

- **Se formaron a la vez que su planeta.**
- **Se desprendieron del planeta principal a lo largo de su evolución.**
- **Son cuerpos capturados por el planeta principal.**

Todos los satélites tienen nombre

A los satélites naturales también les podemos llamar luna, pero como tenemos que distinguirlas, solo la Luna de la Tierra se llama así, los de otros planetas tienen nombres de dioses o de personajes que aparecen en los libros.

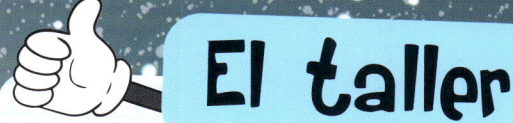

Rocas lunares

Necesitas...
- 400 gr de bicarbonato de sodio
- Purpurina dorada y plateada
- Pintura acrílica negra
- Agua
- Vinagre de manzana o zumo de limón

1. Mezcla el bicarbonato, la purpurina y un poco de pintura en un cuenco y añade poco a poco agua hasta que te quede una pasta que puedas modelar con facilidad.

2. Haz bolas de diferentes tamaños; no es necesario que queden perfectas, mejor si son irregulares, y deja secar unas 12 horas.

3. Una vez secas, haz los cráteres que presentan las lunas: para ello esparce algunas gotas de vinagre de manzana o unas gotitas de zumo de limón.

¿Tiene la Luna siempre el mismo tamaño?

La Luna es la compañera inseparable de la Tierra, siempre está girando en torno a nosotros, es nuestro satélite natural. Se formó cuando un objeto muy grande golpeó la Tierra y explotó; las rocas se unieron y empezaron a girar a su alrededor.

Está llena de cicatrices

Para ver la Luna solo necesitas unos prismáticos o un telescopio. Está llena de fosas, cráteres y cicatrices que puedes ver porque, como no tiene agua, ni aire, ni ningún tipo de actividad que la pueda erosionar, sigue de la misma manera que cuando se formó. Bueno, solo tiene una huella reciente: la del primer hombre que la pisó (1969).

Y solo vemos una parte

Cuando miras a un amigo de frente no le ves la espalda, ni la nuca, pero eso no significa que no lo tenga; pues a la Luna le pasa lo mismo, tiene una parte que siempre vemos, y otra que está oculta, y esto sucede porque a la vez que la Luna orbita alrededor de la Tierra, va girando sobre su propio eje. Es decir, el día lunar dura 28 días terrestres y por tanto siempre le vemos la misma cara.

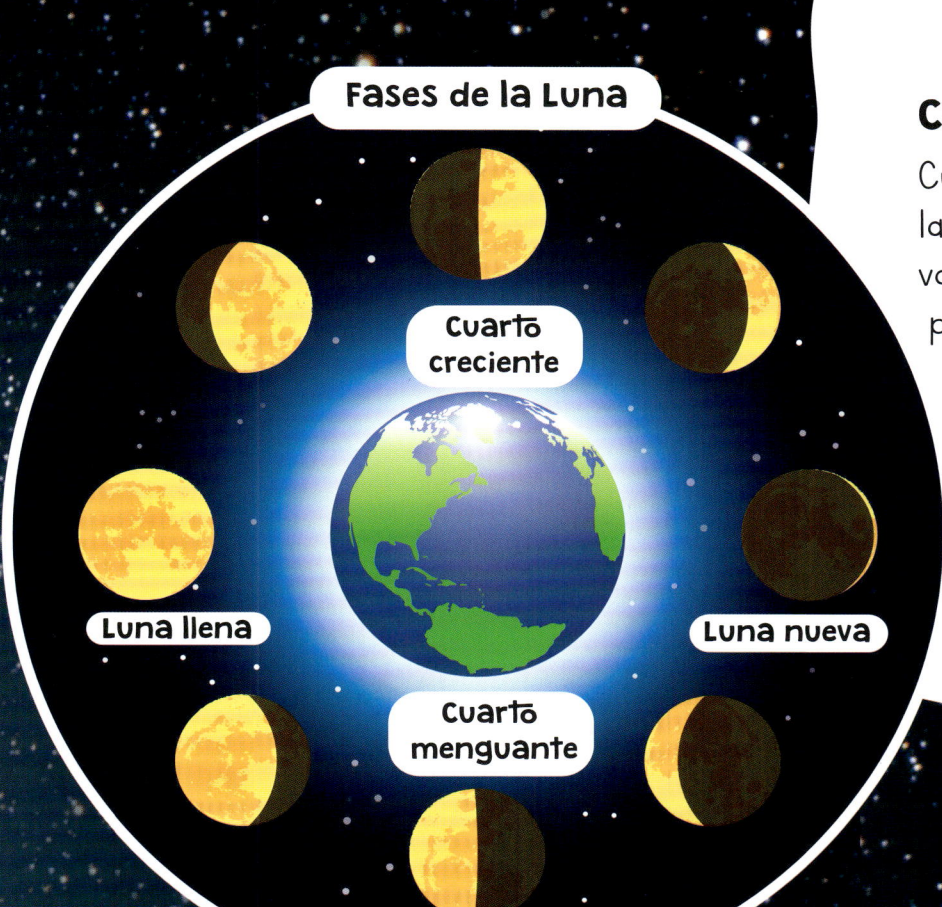

Cambia a diario

Cuando miras a la Luna, ves que va cambiando poco a poco porque depende de cómo recibe la luz del Sol y cómo la refleja durante casi un mes; los expertos lo llaman las fases de la Luna.

Respuesta ¡Sí!

El taller

Móvil de Luna

Necesitas...
- Una cartulina
- Goma EVA con brillantina
- Un lápiz
- Dos vasos de diferente diámetro
- Una cuerda
- Pegamento

1. Dibuja en la cartulina las diferentes fases de la Luna (ayúdate con los vasos); tienen que ser cinco figuras en total: un círculo completo, dos con forma de C y dos con forma de D. Recórtalas con cuidado y pégalas sobre la goma EVA.

2. Ahora vamos a montar el móvil: corta un trozo largo de cuerda, pon pegamento en la cartulina que tiene forma de C y pega a ella la cuerda; para que no se vea, pon la goma EVA encima. Repite la operación con todos los elementos. ¡Ya tienes una bonita decoración para tu dormitorio!

¿Existen los extraterrestres?

Seguro que has oído hablar de señales de otros planetas, has visto algún dibujo animado con extraterrestres, o has soñado que te visitan... Puede que solo sea algo que han pensado otras personas, o que incluso has imaginado tú, pero... ¿existen de verdad?

El sistema solar es muy grande

Los astrónomos no solo han estudiado planetas cercanos al nuestro, también han analizado lo que sucede en los planetas pequeños que se han descubierto hace poco, incluso han mirado más allá de nuestro sistema solar y, de momento, ¡no han encontrado ningún extraterrestre!

¡Hasta la Luna!

Hemos ido a la Luna, pero no solo a la que ves en el cielo cada noche; han viajado hasta más lejos, en concreto han descubierto que Europa, una de las lunas más grandes que tiene Júpiter, está toda cubierta de hielo y que quizá haya un mar subterráneo muy grande, con microbios, animales muy muy pequeños, que se pueden parecer mucho a los que hay en nuestro planeta.

¿Y en otras tierras?

Al principio pensábamos que la Tierra era el centro de todo lo que existe en el Universo, pero en el siglo XVI (1543) Nicolás Copérnico se dio cuenta de que el centro era el Sol, y entonces pasamos a ser un planeta. Doscientos años después, los científicos pensaron que existen otros planetas con otros soles y los llamaron planetas extrasolares y hace poco, en la década de 1990, los detectaron por primera vez.

Respuesta
Tal vez...

¡Seguimos investigando!

El Universo es muy grande, para que te hagas una idea, hay más estrellas en el Universo que granitos en las playas de la Tierra, y muchas de ellas tendrían planetas que giran a su alrededor... Así que es posible que haya algún planeta como el nuestro, con habitantes y todo, pero no lo sabemos ni lo hemos visto nunca.

Necesitas...
- Un cuaderno
- Bolígrafos
- Lápices y rotuladores de colores

Un diccionario extraterrestre-terrícola

1. Tras el descubrimiento de Titania, el enésimo planeta del sistema solar, habitado por los titanios, tienes que elaborar un diccionario para establecer contacto con ellos.

2. Piensa en palabras muy necesarias e inventa cómo se dirán en titanio. Puedes cambiar el orden de las vocales, decirlas al revés, inventar una nueva palabra...

3. Escríbelas en el cuaderno, siguiendo el orden alfabético, y pon al lado un dibujo que muestre su significado.

¿Podemos explorar el Universo?

Desde hace mucho tiempo, hemos sentido gran curiosidad por el Universo, por eso nos inventamos muchas historias sobre su origen y lo que podía haber en él, hasta que a principios del siglo XVII se inventó el telescopio y Galileo Galilei descubrió que había cuatro lunas gigantes alrededor de Júpiter, ¡ciencia ficción para la época!

Sondas espaciales

Estas máquinas son capaces de explorar el sistema solar: buscan información y nos la envían a la Tierra a través de ondas de radio, pero como viajan a lugares muy hostiles, no llevan personas, solo hacen un viaje de ida y siguen mandándonos datos hasta que se destruyen.

Respuesta ¡Sí!

Radiotelescopio

Es un aparato al que no le afecta ni la luz del día ni la lluvia o las nubes, y sirve para medir las ondas que emiten algunos gases y estrellas. Seguro que has visto muchos; son esas antenas gigantes que funcionan de manera peculiar: el disco capta las ondas de radio y las concentra en el receptor, que tiene un amplificador que intensifica las señales. Por último, estas señales se guardan en un computador para que luego las estudien los expertos.

El taller

Necesitas...
- Dos lentes de aumento de plástico

Construye un telescopio

1. Sujeta las lentes, una con cada mano. Alinéalas de manera que la lente grande quede delante de la pequeña.

2. Orienta las lentes hacia un objeto, por ejemplo, hacia una farola cuando ya es de noche, y mira a través de ellas. Tendrás que ir ajustando la distancia que hay entre las lentes hasta que consigas ver de manera clara el objeto que has elegido.

Telescopios espaciales

Si desde la Tierra usamos telescopios ópticos, la imagen del espacio puede que sea algo borrosa. Por eso los científicos han puesto en el espacio unos telescopios que funcionan a cualquier hora, no como los de la Tierra, que solo trabajan por la noche. Estos telescopios están haciendo siempre fotos del Universo y los datos se reciben en unas estaciones instaladas en la Tierra.

¿Podemos pasear por el espacio?

En la Tierra tenemos la gravedad, que empuja hacia abajo nuestro esqueleto, lo que nos permite que andemos con los pies en la tierra, pero en el espacio esto no es así: en el espacio hay ingravidez.

¿Nos vamos de paseo?

Para poder pasear por el espacio los astronautas se visten con varias prendas:

1. Ropa interior refrigerada con agua y encima un arnés.
2. Traje blanco, que refleja el calor del Sol, y es muy grueso.
3. Guantes con pequeñas estufas en las puntas de los dedos y un casco con luces, cámaras de fotos y una radio para comunicarse con sus compañeros. Mochila que controla la temperatura y les da oxígeno.

¿Qué hacemos sin gravedad?

Sin gravedad en la nave, los objetos se escapan flotando. Para alimentarse, los astronautas tienen sobres de comida deshidratada a la que le añaden agua y también se introducen la bebida a presión directamente en la boca.

Respuesta ¡Sí!

Un aparcamiento especial

Muy lejos de la Tierra hemos instalado una estación espacial tan grande como un campo de fútbol. Está hecha con paneles solares que le permiten convertir la energía del Sol en electricidad. Es como la casa de los astronautas, hay camarotes para la tripulación, una zona en la que pueden atracar naves, gimnasio y baños. Desde ella se realizan muchos experimentos que nos permiten saber más sobre el espacio.

Necesitas...

- Dos botellas de plástico
- Un trozo de cartón
- Pintura en spray color plata
- Cartulinas rojas y amarillas
- Lápiz
- Tijeras
- Cinta
- Pegamento

El taller

Un disfraz espacial

1. Pinta en un lugar ventilado las botellas y el trozo de cartón. Mientras se seca, aprovecha para dibujar en las cartulinas unas llamas similares a las de los cohetes y recórtalas.

2. Cuando se haya secado el cartón, haz con la cinta unas asas para ponerte a los hombros el disfraz. Pega al cartón las dos botellas con la boca hacia abajo y, por último, pega las lenguas de fuego que has hecho con las cartulinas.

¿Tiene dueño el espacio?

Hace mucho, mucho tiempo, en la época en la que se descubrió América, existían los piratas. Seguro que crees que lo primero que hacían era ir en búsqueda de las monedas y las joyas que había en los barcos, pero no...

Piratas tecnológicos

Los piratas, tras su característico ¡al abordajeeeeee!, lo primero que hacían era dirigirse al puente de mando, el despacho del capitán y se hacían con sus mapas, sus sextantes y cualquier instrumento de navegación que tuviera: les importaba la tecnología, no el dinero.

Fama y fortuna

El interés por los mapas y otros instrumentos era porque con ellos conocían nuevas rutas comerciales, permitiéndoles encontrar cosas de valor y después venderlas. Y eso no ha cambiado nada hoy en día: ¡surcar el espacio nos puede proporcionar fama y fortuna!

Exploración espacial

Muchos países buscan posibilidades de vida en otros planetas y sueñan con poner su bandera en uno de ellos, un asteroide o una luna, tratando de encontrar agua, combustible o materias primas que escasean actualmente en la Tierra… ¡Nuestros recursos se agotan!

La Tierra no tiene dueño

Los planetas y todo lo que hay en el espacio no tienen un dueño. Pero imagina… ¿y si resulta que la Tierra y todo lo que hay pertenece a los extraterrestres?

Respuesta ¡NO!

El taller

Necesitas…

- Un tubo de papel higiénico
- Cartulinas de colores
- Tijeras
- Pegamento
- Cinta adhesiva
- Un trozo de cartón
- Rotuladores de colores
- Washi tape

Un cohete espacial

1. Forra el tubo de cartón con la cartulina o píntalo de colores.

2. Corta tres pequeños trapecios de cartón para la base del cohete (base mayor= 7 cm, base menor= 4 cm y altura= 6 cm). Hazles un corte para encajarlos en el tubo de cartón; para ello imagina que es un reloj y encájalos a las 12, a las cinco y a las ocho.

3. Recorta un círculo de cartón de 8 cm de diámetro. Haz una ranura desde el borde exterior hasta el centro; conviértelo en un cono y asegúralo con pegamento. Pégalo arriba del cohete.

4. Da color a tu cohete y decóralo con el washi tape.

¿Hay basura en el espacio?

Hemos creado satélites artificiales para mejorar las comunicaciones, saber qué tiempo hará mañana, cómo es nuestro planeta visto desde el exterior... y todo ello ha dejado un rastro en el espacio.

Están flotando

También la podemos llamar chatarra espacial y en ella se incluye cualquier objeto artificial sin utilidad que orbita la Tierra. Cuando se lanza algo al espacio, algunos restos de la nave no regresan a la atmósfera y se quedan flotando: podemos encontrar desde trozos de cohetes hasta fragmentos de pintura.

Y caen en la Tierra

Cada día llegan a la Tierra, al océano o a zonas despobladas, restos de cohetes o satélites que han quedado en desuso vagando por el cosmos y que sobreviven a su reentrada en la atmósfera.

La basura espacial orbita a velocidades que superan los ¡27.000 km/h!

Respuesta ¡SÍ!

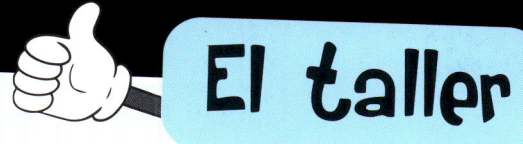

El taller

Un satélite artificial

Necesitas...
- Dos vasos de plástico, de diferente tamaño (uno debe encajar en el otro)
- Dos pinchos de madera largos
- Cartón
- Papel de aluminio
- Papeles de colores
- Rotuladores

1. Con ayuda de un adulto, atraviesa con los dos pinchos la parte superior del vaso más grande formando una cruz con ellos.

2. Recorta en el cartón cuatro rectángulos y fórralos con papel de aluminio o decóralos a tu gusto y una vez que estén hechos, con ayuda de un adulto, clávalos en los pinchos.

3. Encaja boca con boca el vaso más pequeño al más grande y así ya tendrás tu satélite, que puedes decorar como más te guste.

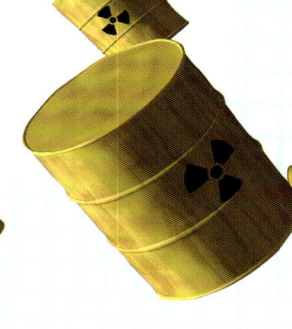

¡Hay que cuidar el planeta!

Al igual que hemos llenado el planeta de basura, hemos decidido hacerlo con el espacio, y tenemos que tener más cuidado, porque todo ello perjudica a la Tierra. Es importante que sigamos conociendo el Universo y construyendo aparatos que nos ayuden a controlar estos residuos.

Un aparato muy especial

No solo es importante reciclar aquí en la Tierra, por eso los japoneses han inventado un aparato que tiene una especie de red o cuerda de sujeción, hecha de hilos de aluminio y acero, diseñada para reducir la velocidad de estos elementos y eliminarlos de la órbita terrestre; no quieren traerla a la Tierra, ¡quieren destruirla en el espacio!

Todo astrónomo debe saber...

Año-luz: distancia que recorre la luz en un año.

Asteroide: cuerpo rocoso que gira alrededor del Sol.

Astrónomo: persona que estudia el Sol, la Luna, las estrellas, los planetas y todo lo que hay en el espacio.

Big Bang: expansión repentina con la que, según muchos científicos, se creó el Universo.

Combustión: reacción química en la que determinadas sustancias se combinan con el oxígeno para producir luz y calor.

Cráter: agujero en el suelo que generalmente lo hace un objeto grande que cae desde el espacio, como un meteorito.

Galaxia: concentración de estrellas, polvo y nubes de gas que también pueden contener planetas. La nuestra se llama Vía Láctea y en ella están el Sol y sus planetas.

Gravedad: fenómeno natural que hace que los cuerpos con masa se atraigan unos a otros. La gravedad es la responsable de que la Tierra se mantenga alrededor del Sol, y que la Luna orbite alrededor de la Tierra

Gravitación: fuerza que atrae entre sí a los objetos que están en el espacio.

Onda de radio: tipo de onda electromagnética que se usa en las telecomunicaciones terrestres y que emiten algunos objetos desde el espacio.

Órbita: recorrido o trayectoria que sigue un planeta u objeto a medida que se mueve alrededor de un planeta o una estrella.

Materia: todas las sustancias y objetos que hay en el Universo que tienen masa y ocupan un espacio.

Sistema solar: conjunto que incluye al Sol y a todos los cuerpos que están unidos a él por la fuerza de la gravedad: Mercurio, Venus, Tierra, Marte, Júpiter, Saturno, Urano, Neptuno, y asteroides, cometas y planetas enanos, como Plutón.

Supernova: explosión de una estrella en la que se libera gran cantidad de luz y energía y en la que expulsa la mayor parte de su material hacia el espacio que la rodea.

Telescopio: instrumento científico que concentra la luz y nos permite ver y estudiar objetos lejanos.

Universo: es todo lo que existe: materia, energía, espacio, tiempo.